방울뱀이 운다

시작시인선 0221 방울뱀이 운다

1판 1쇄 펴낸날 2016년 11월 21일
지은이 손수진
펴낸이 이재무
책임편집 김연필
디자인 이영은
펴낸곳 (주)천년의시작
등록번호 제301-2012-033호
등록일자 2006년 1월 10일
주소 (04618) 서울시 중구 동호로27길 30, 413호(묵정동, 대학문화원)
전화 02-723-8668
팩스 02-723-8630
홈페이지 www.poempoem.com
이메일 poemsijak@hanmail.net

ⓒ손수진, 2016, printed in Seoul, Korea

ISBN 978-89-6021-304-3 04810
　　　978-89-6021-069-1 04810(세트)

값 9,000원

방울뱀이 운다

손수진

천년의
시 작

안녕!
사랑했던 것들아
사랑하지 못했던 것들아
안과 밖의 경계에 서서 손을 흔든다.

차례

제4부

제1부

방울뱀이 운다

캄캄한 어둠 속에서 방울을 울릴 때마다
울대를 잡은 손에 힘이 들어갔던가 당신
행여나 발뒤꿈치를 물릴까 봐
끝없는 충성을 요구했던가 당신
때론,
이글거리는 태양빛에
축축한 심장을 꺼내
반짝이는 모래 위에 펼쳐놓고
바람의 문장을 새기고 싶을 때가 있다는 것
아는가 당신
밤이면 별빛 아래
관객 없는 춤을 추고
새벽이슬 머리에 꽂고
낙타의 발자국을 따라가
독이 든 사과를 나눠먹고
죽고 싶을 때가 있다는 것도
아는가 당신
방울 소리 딸랑거릴 때마다
귀를 틀어막는 당신
당신의 차가운 등에 내 심장을 포개고

뱀처럼 울고 싶을 때가 있다는 것도
아는가 당신

팜므파탈

나를 안고 있는 한
벗어날 수 없을 거야
가을 햇살은 허기를 동반하지
당신을 먹고 싶어
머리부터 발끝까지 당신을 먹으면
나는 비로소 당신이 되는 거지
두려워하지 마
꿈을 꾸며 날던
푸른 두 날개는 먹지 않을게
아름다워라!
파르라니 떨리는 잎맥 같은 날개에 온기가 남아 있네
내 사랑을 지독하다 말하지 말아줘
당신의 남은 두 날개로
나를 안고 날아가줄래

moon

보름달이 뜨면
돌아갈 수 있는 유일한 시간
대지가 어둠에 물들면
비로소 열리는 하늘의 문
뜨거워진 심장을 주체하지 못해
골목을 뛰어다녀
서둘러 사랑하고
서투르게 아기를 낳고
서툴러서 아기를 변기 속에 빠뜨리고
불안하고 초조해서
골목을 배회하고
침을 뱉고, 욕을 하고, 불량하게 다리를 흔들어
친구들은 어두운 골목에 모여서
입으로 연기를 피워 하늘에 신호를 보내주지
하나,
둘,
셋,
타이밍에 맞추어 몸을 날려
너의 등뼈 사이엔 어느새 날개가 돋고
먼 곳을 보며 나는 새는

문을 통과하려 바람을 가르는 거야

해피버스데이 투 유

생크림 케이크에 촛불을 *끄고*
너를 읽는 중

어느 민족은
사랑하는 사람이 죽으면
그 살을 먹는다지
그러면 죽어서도
하나가 된다고 믿는다지
너의 살 냄새가
허기진 심장에 박히면
제일 먼저 네 눈을 먹을게
머루알같이 검은 네 눈
혓바닥으론 체리 같은 입술을 핥으며
붉은 피를 입속으로 흘려보내
촛불을 *끄고*
밤새워 오도독 오도독
연한 너의 **뼈**를 씹어

은밀하게, 아주 은밀하게

어스름이 내리는 저녁
대문 앞에 까만 봉다리 하나 떨어져 있다
저건 고양이야,
동그랗게 몸을 말고 미동도 없이 앉아 있는
까만 봉다리
너는 거부할 수 없는 본능을 따라왔으리
욕망을 감춘 살구빛 혓바닥은 붉어지고
예리한 눈빛은 어둠속에 더욱 빛나리
마당에 숯불이 타오르고
서쪽 하늘에 개밥바라기별이 뜨고
이름도 없이
털 속에 숭숭 바람만 채우고 떠돌다가
자기의 의사와는 상관없이
까만 봉다리라 이름 지어진 너는
어느새 내 가까이에 와 있고
두려움보다 앞서는 욕망이
너를 끌어당겼으리
밤 깊어 노랫소리 잦아들고
사람들 하나둘
자목련처럼 한쪽으로 기울어질 때

다리 사이에서 와서

한없이 부드러운 털을

살갗에 문지르는 이 기막힌 내통을

누구도 눈치채지 못했으리

교감

꽃등에 한 마리가
정지비행을 하다가
손등에 내려앉는다

잠시 탐색하는가 싶더니
주걱 같은 주둥이로
살갗을 더듬는다

야릇하여라
이 가벼운 떨림
집중하지 않으면 알아챌 수 없는

생사를 건 입맞춤

그는 지금 내 몸 구석구석
땀구멍 하나까지
핥고 있는 중

가시나무 새

밤에 빛나는 건 별이 아니라
모텔과 십자가의 불빛이라며
불량한 소녀들처럼 웃었던가

어두운 밤하늘을 보며
가슴에 한 땀 한 땀
주홍글씨를 새기는 당신

당신 심장은 어디에 숨겼어

당신의 살갗을 뒤지면
갈비뼈 뒤에 깊숙이 숨겨놓은
말라비틀어진 심장이 나올까

어이,
당신 심장에선 왜 마른풀 냄새가 나지

외도

약호박과 단호박 사이
곰보호박이 태어났다
벌들이 몇 차례
호박꽃 사이를 오가더니
달 밝은 밤
줄기가 서로 엉키는가 싶더니
햇살 좋은 가을 날 오후
정채를 알 수 없는 곰보호박 하나가
줄기에 매달려
메롱, 메롱 그네를 탄다

취향

시인들 뒤풀이 자리에서
이름만 대면 알만한 시인

여자는 말이야 두 종류가 있는데
밤송이 같은 여자가 있는가 하면
수박 같은 여자가 있어
한 입도 안 되는 밤 한 알 먹자고
가시에 찔려가며 겉껍질 벗기고
딱딱한 중간 껍질 벗기고
속껍질 까지 벗겨 놓고 보면
하얗고 달달한 맛은 잠시고
먹고 나면 입안이 텁텁하니 개운치가 않아

칼끝만 대면 제풀에 겨워
쫙–
갈라져서 발간 속살 드러내며
물 좔좔 나오는 수박이 좋아
라며 묘한 웃음 흘리자
옆에 있던 시인

형! 이제 시 쓰지 마슈

가을

햇살 까슬한 오후
빨랫줄에 널어진
할매 팬티 참 곱다
-보여줄 영감도 없구먼 웬 꽃팬티?
짓궂은 농담을 하자
-니도 내 나이 먹어봐라
젊어 청상이 된 할매 쥐어박듯 던지는 말

물기 없는 꽃무늬 팬티 위에
고추잠자리 한 마리 잠시 앉았다 날아가고
적막만이 감도는 늦여름 하오
마른 풀잎같이 서걱거리는 음색으로
들릴 듯 말듯

-불쌍해서 그런다

닭 날개를 씹으며

병의 입술에 공기방울이 솟아올랐군
오늘은 행운의 날이야
로또를 사야겠어
오늘은 토요일이야
밖에는 비가 내려
비 내리는 토요일 저녁은
로또를 팔지 않는다는 거 모르니
그렇군, 하나의 희망이 사라지는군
공기방울처럼 공기 속에 너의 말도 스며들어
보이지도 잡히지도 않지만
거기에 공기가 있다는 걸 우리는 알아
너의 입에서 나오는 공기를 공기는 기억할까
밖에는 바람이 불어
연둣빛 잎들이 땅바닥에 뒹구는군
안타까워라 가을도 아닌데
로또 대신 연금복권은 어떨까
꿩대신 닭이군
짧고 굵은 것보다 가늘고 긴 것이 좋을 때가 있지
아랫도리가 흥건하군
기다림의 시간은 너무 지루해

사랑

민달팽이 한 마리가
예민한 촉수로
깊고 아득한 쪽을 더듬는다
간절하여 그리운
어느 한 정점
마음을 짜서 흐르는 진액
꽃잎 위에 떨어지는
그날 그 아침

제2부

늪

네가 오기까지 혼자 노래했고
풀잎이 일어서고 눕는 걸 혼자 보았다

늪은 뿌리를 감춘 채
내력을 알 수 없는 나무를 키우고
나무는 종일 우두커니 서서
속을 보여주지 않는 늪의 얼굴을 내려다보았다

우리는 나무 아래 앉아 같은 방향을 보며
오래 고독했고
오월의 습한 바람은 꺾이지 않는 갈대의 이마를 스치고
길 바깥으로 사라진다

알 수 없는 이국의 바람 냄새를 묻혀서
너는 달포 만에 왔고
잠시 스친 키스의 기억은
찔레꽃가시처럼 오래 아팠다

생일도 몽돌

부딪치며
서로 아파하며
밤새워 울며
등 돌리고
외로워하며

달빛에 젖어
구르며
반짝이며
또 마주보고
웃으며

둥글어지고 작아져서
조금씩 서로에게
물들어가는 중

월견초

무슨 끌림일까요
강원도 홍천 깊은 산 작은 섬
노란 월견초와 보라색 각시취가 반겨주네요
강가에 돌들은 동그란 얼굴로
저마다 생각에 골똘해요

맑은 하늘에 갑자기 소나기가 내려요
주인 없는 텐트에 잠시 몸을 피해요
들꽃을 꺾어 빈 깡통에 꽂아놓고
무료한 시간 시를 읽어요
커피향이 갈색으로 번지네요
텐트 안에 구르는 몇 잎의 마른 잎처럼

비 그치고 방울새가 우네요
누군가 찾아왔어요
밤의 문을 통과하기 힘겨운지
야관문 한 아름 안은 환경 감시원
귀신이라도 본 양
놀란 눈알이 가래나무 열매처럼
툭 떨어질 것 같아요

−여기 머물던 남자는 며칠 전 죽었는데……

빈 텐트에 웅크리고 잠들었을 때
월견초 한 아름 안고 섰던 이가
당신인가요

능가산 우금굴

바위벽을 움켜잡고 한사코 기어오르느라
손톱마다 발갛게 피가 맺혀 있다
어떤 그리움이 저리도 간절한가
능가산 우금굴 천해의 요새
오래된 담쟁이넝쿨 새순이
아슬아슬 벽을 타고 오른다

눈앞에 마주한 내변산 등허리 길게 누운 곡선
천 년 전 면벽 수행 하던 젊은 스님은
달빛 아래 길게 누운 여인의 등허리를 보고
돌칼로 뜨거운 혈관 끊어내고
천 길 낭떠러지로 뛰어내렸을까

사월의 햇살아래 눈을 감는다
뚝, 뚝
바위가 품고 있던 물방울이 눈물처럼 떨어진다
살갗에 닿는 미세한 바람이 솜털을 흔든다
어디서 날아왔나
나비 한 마리
동굴 속 우담바라로 피어난 애절한 사연을 알기라도 하

는 듯
   잠시 팔랑이다 사라진다

주문진

찻집 문 열고 들어서자
뜰에서 아무렇게나 꺾어다 꽂아놓은
꽃들이 아무렇게나 놓여 있다
초가을 하오의 햇살은
찻집 안에 가득하고
아무렇게나 놓인 의자에
아무렇게나 앉았는데
동해의 바닷물로 새긴
푸른 문신 하나
몸속 어딘가에 숨겨놓았을 것 같은 여자가
진한 커피 한 잔 앞에 놓고 사라진다
물거품은 밀려왔다 밀려가고

너 없이
홀로
검은 고독, 흰 고독˙과 마주 앉아 있다

˙ 주문진에 있는 카페 이름.

상처

내가 알 수 없는 추억이
그의 마음을 그쪽으로 잡아당겼을 것인데
강원도 개인 산장에 추억을 찾아간다는 그를 따라간 날
시 쓰는 친구는 산장 마루 끝에 걸터앉아 오래도록
붉은 봉선화 꽃잎 속에 뜨거웠던 날을 더듬고 나는
솔잎 끝에 닿은 하늘이 자꾸 따끔거려
그 상처를 손톱으로 후벼 파
기어이 손톱에 붉은 꽃물을 들이는 것인데
인연도 잘 삭혀야 하는 것이라고
산장을 지키는 늙은 개는 깊은 눈빛으로 말을 하고
너무 멀리 온 것은 아닌지,
다시 돌아갈 수는 있는 것인지에 대하여 나는 생각하는
것인데

청령포

가을비 내리는 청령포
물빛도 시리게 흐른다
단종의 마음 대신해
오래된 소나무가 깊은 울음을 울고

베옷 입고 나열해 서 있는 해바라기는
하나 같이 목이 잘려나갔다
핏빛 낭자한 맨드라미 위로
뚝, 뚝 꽃물 떨어지고

그들의 죄목은 모두
오직 한 사람만
그리워했다는 것

말표 고무신 한 켤레

늦가을 하오의 햇살을 지나
노란 산국을 지나
바위틈에 핀 보라색 쑥부쟁이를 지나
마른 억새, 스치듯 지나
선계폭포 위 허적이다가
오래된 떡갈나무 아래
수북이 쌓인 낙엽 속에
누군가 벗어둔 흰 고무신 한 켤레
마른 나뭇잎 걷어내자
하얀 신발 안쪽에 선명하게 박혀 있던
붉은 말 한 마리
히~잉!
의식의 틈바구니를 뚫고
앞으로 달려나간다
마른 폭포 위에서
제 그림자를 밀어버린 주인을 찾아
내변산, 붉게 타는 노을 속으로

멈칫거리다

숲으로 난 길을 걷는다
산은 점점 그 무게를 더해가고
산뻐꾸기도 묵언 수행 중이신지 숲은 고요하다

깊은 산중에 허물어져가는 집 한 채
그 집만큼이나 남루한 사내가
마당 귀퉁이에서 입속을 헹군다

반짝이는 햇살에 빛나는 금속성 칼날
어쩌자고,
손에 든 칫솔을 번쩍이는 칼날로 보았을까

이 깊은 산중에
그와 나 둘인데

정신없이 뛰어내려와
너덜길에 앉으니
오월의 햇살만 나뭇잎에 반짝이고
그런 나를 비웃기라도 하듯
홀딱 벗고!

홀딱 벗고!
검은등뻐꾸기만 속절없이 우는 오월의 한낮

북소리

어제까지 울던 매미가
땅바닥에 떨어져 개미에게 끌려가는
박람회장 입구
북이 울린다
둥, 둥, 둥
보름달이 뜨면 높은 벼랑으로 올라가
울부짖는 늑대의 울음 같은

얼굴에 분칠을 하고
구멍난 팬티스타킹을 신고
야자나무 잎사귀 같은
미니스커트를 입고
팔뚝에 힘줄이 불거진 저 사내는
독수리가 먹어치운
조상의 혼이라도 불러오려는가

짐승의 울음소리
혼을 물고 안데스산맥을 넘는가
정신이 아득한데
머리에 꽃을 꽂은

한국형 집시 여인 다가와
쿡, 쿡
옆구리 찌른다

언니, 엿이나 먹어

노래 속으로 간 여자

가을도 겨울도 아닌 계절의 경계
절도 지붕도 길도
눈이 내려 덮인다
폭설이다
눈 위엔
배고픈 들짐승의 발자국만 오롯하고
길 잃은 사람 하나
우두커니
절집 앞 찻집에 앉아
하염없이 내리는 눈을 보다가
내뱉는 한마디
－어디로 갔을까요?
－누가요?
－수덕사의 여승!
－노래 속으로 갔겠지요

가우도

강진에서 마량으로 가다가
오른쪽으로 슬쩍 빠지면
거북이 한 마리가 뭍으로 기어 나오는 듯한
섬 하나 보이는데
그곳에 발을 들여놓으면
세상으로 나가는 길은 잃어도 좋겠다
양지바른 곳에 허름한 빈집 하나 얻어
세상에서 밀려나 더 이상 물러설 곳 없어
낚싯대 둘러메고 들어온
사내 하나 낚아서
종일 갯바위에 앉아
때로는 바람을 낚고
때로는 허공을 낚으며
시답잖은 농담에 낄낄거리며
눈먼 물고기라도 잡아
얼큰한 매운탕 끓여놓고
소주잔 기울이며
콧노래나 흥얼거리며
한세월 그렇게 흘려보내도 좋겠다

우이도 1

사구 밑을 지난다
온통 안개다
바다도 산도 봉우리도
할일 없이 백사장을 걷는다
아무도 없는 겨울 바다
검은 염소들이 둥글거리는 눈으로
이방인의 걸음을 쫓고
안개는 그 풍경들을 지우고
먼 바다 어디쯤에서 봄이 오고 있는가
마른 그물에 붙은 몇 조각 물미역에서
봄 냄새가 묻어 있다
여객선 안에서 4시간을 떠들던
한사코 섬이 싫다던 여자의 머리에서 나던
그 물미역 냄새

우이도 2

돈목에서 진리
섬의 속살을 더듬는다
땅을 밀고 올라온 솜털 보송한 쑥 위에
물방울이 맺혔다
대나무가 많아 대초리라 이름했는가
대숲에 바람이 인다
폐촌 된 마을 입구엔
홑동백 저 홀로 처연히도 붉고
하루에 한두 명 오갈까 말까 하는 오솔길에
'동박새 샘'이라는 표지가 있다
샘이라기보다는
산이 제 몸속에 고인 물을 똑똑 떨어뜨려
길손의 목을 축여주는 곳
누가 이 산속 깊은 곳에
'동박새 샘'이라는 어여쁜 이름 걸어 놓았나

제3부

풋!

가슴이 뛰어요
차마 먹을 수 없어 궁리 중입니다
설익은 씨앗에서 싹이 트고 잎이 나면 어떡해요
가지가 뻗어 심장을 에워싸면 어떡해요
갈비뼈 사이로 실뿌리가 삐져나오면 어떡해요
완전 범죄가 어려워지잖아요

최초에 인류에게 죄를 씌운 여자도
매혹을 뿌리치지 못해
시고 떫은 풋 한입 베어 물었겠지요
완전 범죄를 꿈꾸며
설익은 씨앗까지 먹어 치웠겠지요

몸에 풋살구 같은 증상이 생기고
뼈가 벌어지는 고통 속에
열 달 동안 몸 안에서 키운 풋 하나
세상 밖으로 흘려보냈겠지만
싹난 감자에 돋은 푸른 반점처럼
평생 아리기만 했겠지요

한때 풋이었던 여자가

푸-ㅅ

푸-ㅅ

가는 숨소리를 내며

요양병원 침대위에

지금 잠들어 있습니다

풍경

시월의 어느 저녁 시간 식당에 앉아 있었습니다
몸이 반쯤은 땅으로 기운
백발의 부부가 나란히 문을 밀고 들어섭니다
몇 마디 주문을 하는가 싶더니
더 이상의 어떤 소리도 들리지 않습니다
너무나 조용하여 뒤를 돌아보니
후~ 불면 깃털처럼 날아가버릴 것 같은
투명하고 가벼운 등을 동그랗게 말고
천천히 밥을 먹습니다
숟가락을 들어 올리고
오물오물 음식을 씹고
손을 닦고
그러는 동안 한 마디의 말도 하지 않습니다
그들에게는 이미 어떤 대화도 필요치가 않은 듯 보입니다
조용히 일어서서 왔던 모습 그대로 문을 나섭니다
올 때처럼 두 손을 꼭 잡은 채
노을 지는 쪽을 향해 천천히 걸어가고 있습니다
두 사람이 시야에서 사라진 후에야
정신이 듭니다
내가 본 것이 정녕 살아 있는 사람이 맞긴 하는 건지

다순구미

비좁은 골목에 낡은 의자 하나
햇살이 앉았다 갔는지
따스한 온기가 남아 있다
붉은 고무통에 심어진 파꽃에
붕붕 벌들이 날고
빨랫줄에 걸린 빨래들이
깃발처럼 나부낀다
알겠다
문패가 없어도
바다에 나간 지아비 기다리며
늙어가는
지어미가 사는 집인 걸

108 병동

딸 셋을 내리 낳고 넷째를 가졌는디

암만케도 또 딸이지 싶어 전딜 수가 있어야제라

먹기만 하면 생긴 딸도 아들로 바뀐다는 약까지 지어 먹고 낳은 것이

또 딸이지 뭐여라 유복자인 셈이제

지금 생각허면 어치코 그리 무식혔는지 몰라라

생각해보시오

생긴 딸이 어치코 아들로 바뀟것소

그란디 그때는 하도 절박헝깨 그 감언이설도 곧이 들립디다예

지그 아부지 그라고 가고 낭께

시엄시 엥도라진 눈총이 어치코 무섭던지 살 수가 있어야제라

그질로 집을 안 나왔소

고만고만한 딸년들 앞세우고 핏덩이 들쳐 업고

참말로 막막합디다

그 어디에도 우리 식구 등 붙일 데가 없어

남의 집 문간방에 짐을 풀고 닥치는 대로 일을 안 했소

함평으로 무안으로 논일 밭일 남의 집 일까정 가릴 것 없이 했제라

겨울엔 제주도 밀감밭에꺼정 가서 밀감을 땄는디
그 벌이가 그래도 쏠쏠헙디다예
끄~응
그라마 뭐할 것이요
삭신도 이제 더 이상 말을 안 듣것다고
이라고 중간이 딱 멈춰부렀어라
저그도 더 이상은 못해 먹것다 이것이제라
어차것소 여지껏 부려먹었응께 살살 달래감서
산 날 까정은 살어봐야제라

씨받이

빈 고택
매미 소리도 귀뚜라미 소리도 한생을 건너간 자리
한때 푸르고 무성했을 나뭇잎만
신발 대신 댓돌 위에 수북하다
저물녘 찾아올 손님이라도 있는 걸까
대청마루에 발을 드리우고
툭, 툭 오동잎 지는 소리에
미세한 떨림으로 반응하는 왕거미 한 마리
쇠락한 가문의 혈통이라도 이어볼 양인지
검은 점박이 무늬 고양이 한 마리가
도도한 눈빛 내리깔고 동그랗게 등을 말고 있는
노랑 무늬 암컷의 등을 눈으로 훑는다
결코 서두르거나 불안한 기색 없이
몇 발짝 떨어진 곳에서 또 다른 암고양이 한마리가
앞발을 공손히 모으고
그 은밀한 광경을 지켜보고 있다

복사꽃잎 아래

심천면 심심산골에
복숭아 농장을 하는 김씨는
농장 한 귀퉁이에 닭과 오리를 키우는데요
수탉 한 마리가 암탉 열다섯 열여섯 마리씩 거느리고 산
다는데요
가끔 젊은 수탉이 암탉을 한 마리씩 자기 것으로 만들어
버린다네요
늙은 수탉은 패인 마음만큼이나 서슬이 퍼래져서
두 발로 흙바닥을 파며 한쪽 날갯죽지 펴서 빙빙 돌다가
돌연 오리 등에 올라타고 꽥, 꽥 소리를 지른다네요
그러면 오리는 꽁지 빠지게 도망을 친다는데
몇 해 전 소리 소문 없이 사라진
연변 여자가 생각나면
종일 허방을 딛는 듯 허적이다
해질녘
술병 하나 들고 사립문 들어서면
꼬리치며 달려드는 흰둥이 옆구리를
냅다 걷어차고 패악을 떠는데
그러다가도 수탉이 하는 짓을 보면 궁금증이 인다네요
오리가 낳은 알이 부화하면 그 새끼는

머리를 웅덩이 속으로 처박을까요

물 한 모금 입에 물고 하늘 한번 쳐다볼까요

철의 소녀들

수단 다사나시 소녀들이 하는 일은
발목에 족쇄를 차고
두 시간의 마른땅을 걸어
모래 구덩이를 파고 물을 구해오는 일
초경이 시작되면
양쪽 발목에 4개씩 족쇄를 채우는 일
생 이[齒]가 뽑힐 때도 절대 울지 않는 일
모래로 몸을 씻고 머리를 감는 일
마른 먼지 풀썩이는 모래사막에
쩔렁쩔렁 족쇄 소리 리듬삼아
검은 피부가 땀으로 번들거릴 때까지
온 몸으로 춤을 추는 일
해 지고 먼 곳에 늑대 울음소리 들리면
열다섯 소녀는
쉰네 살, 염소가 많은 남자의
네 번째 여자가 되는 일
소녀보다 나이 많은 남자의 아들들이
염소를 끌고 오면
나무 뒤에 서서 물끄러미 바라보는 일
그리고, 첫날밤

아버지보다 나이 많은 남자가
발에 묶인 족쇄를 풀어줄 때까지
검고 큰 눈 깜박거리며 기다리고 있는 일

파란 신발

흐린 날은 가끔 밖으로 나옵니다
한쪽 귀퉁이에 납작 엎드려
신발 구경하는 걸 즐기죠
반질거리는 구두, 또각거리는 하이힐
아침저녁 바쁜 운동화
한낮에 너널거리는 신발은
바쁠 것이 없습니다
그리고 내가 좋아하는 파란 신발은
늘 그 자리에 있습니다
붉은 고무다라 앞에 놓고
어느 날은 삶은 옥수수를 팔고
어느 날은 배가 빵빵하게 부푼 바람떡을 팔아요
습기 가득 문 햇살이 비칩니다
그늘을 만들어줄 배경 하나 없어
등이 타들어갈 때도 있지만
그의 구부정한 그림자가 유일한 그늘입니다
그 자리는 늘 축축하게 젖어 있어요
가끔 등 굽은 그림자가 말을 걸기도 합니다
―니도 살라고 나왔나
아주 살가운 말이예요

어떤 사람들은 나를 지룡地龍선생이라 하지만
대부분의 사람들은 관심도 없거나
징그러운 무엇인 양 피해 가기 일쑤지요
아무려면 어떻습니까
지룡이든 지렁이든
한생을 꿈틀거리다 가는 건 마찬가질 텐데요

게임

편을 갈라서
일렬로 줄을 세우고
빵빵하게 바람 든 풍선을 묶지 않고
뒤로 전달하는 게임인데요
바람을 너무 많이 넣어 터져도 안 되고
전달하는 과정에서
바람이 빠져도 안 되는 게임인데요
게임에 이기려면
뒷사람이 숨통을 움켜쥘 수 있도록
길게 모가지를 늘여 빼주어야 하는데요
그것도 호흡이 잘 맞아야 해요
잘못하면 터져버리거나
휘리릭 날아가버릴 수도 있는데요
그러면 게임 끝이죠
아시겠지만
아무리 내 편이라도
대책 없이 목 내놓는 일
쉬운 일 아니잖아요
어쩌겠어요
함께 살아야 할 때는

자기 편을 믿을 수밖에요

야옹~야옹 고양이

눈도 뜨지 못한 새끼들을 두고
어미 고양이가 집을 나가서 돌아오지 않는다

새끼고양이는 마른 입으로
서로의 품속을 파고들고
원하진 않았지만 나는 그들의 보모가 되었다
날카로운 신경질을 새끼들에게 먹이며
얼굴에 감꽃 같은 버짐을 피워냈다

햇살 따사로운 오후
애증 결핍증에 걸려 말라 죽은 고양이들을
감나무 아래 묻었다

가을도 되기 전에 감나무에서는
주둥이가 발그레한 새끼 고양이들이
감꼭지에서 뛰어내렸고
양지쪽에서 털을 고르던 수고양이
쪼르르 달려가 즐겁게도
철퍼덕,
바닥에 떨어진 새끼 고양이를 핥고 있다

빨간 스쿠터를 타세요

흰옷 입은 사람이

흰 천을 머리까지 씌워주네요

고맙기도 해라

그래도 아직 이곳을 떠날 마음은 없었어요

빌딩 창가에서 아래를 봐요

혈관처럼 붉은 강이 흐르다 멈추고 다시 흘러갑니다

심장이 멈추었는데 아무도 울어주지 않네요

이해해요

음악에 맞춰 몸을 흔들거나

담배를 피우거나, 화장을 고치거나

그도 아니면

옆에 앉은 여자의 미끈한 허벅지를 힐끔거리거나

핸드폰에 코를 박고 먹잇감을 사냥하죠

비가 내리네요

지겨워요

빨리 이 도시를 빠져나가야겠어요

어쩔 수 없죠

빨간 스쿠터를 세우고

오빠의 등에 찰싹 달라붙는 거예요 그리고

가죽 부츠로 미끈한 종아리를 힘껏 걷어차는 거예요

히~힝

그냥 달리는 거죠

어떤 이별

플랫폼 노란 경계선에
사람이 서 있다
서로의 심장 소리를 각인시키기라도 하듯이
두 눈을 감은 채
부둥켜안은 두 팔이 눈물겹다
뿌~웅
열차가 들어오고
사람들이 내리고 탈 동안 그들은 미동이 없다
역무원이 출발 신호를 보내자
남자의 목에 감았던 팔을 서서히 풀고
여자는 열차에 오르고
철컥, 철컥 소리를 내며 열차가 움직이고
남자를 향해 흔드는 여자의 하얀 손이
초가을 햇살에 눈부시다

소쩍새 울음

내 몸은 囚人이 된 지 오래고
녹슨 이름마저 잊었다
유일하게 나를 지키던 간수도
열쇠를 먼 바다에 던지고 떠난 지 오래고
세상에서 나를 기억하는 이 더 이상 없고
전생의 어느 한 모퉁이를
아프게 스쳐간 당신만이
멀리서 또는 가까이에 와서
피 묻은 울음을 밤새워 운다
그런 봄밤이면 잠들지 못하고
어둠속에 웅크리고 앉아
손가락에 침을 발라
마룻바닥에다 부치지 못하는 긴 편지를 쓴다

소문

열대야로 잠을 설친 새벽
열려진 창밖에서 새가 운다
새소리는 맑고 경쾌해서
새의 붉은 목청을 들여다보고 싶다는 생각이 든다
어떻게 저 작은 목구멍에서 저런 소리가 나는 걸까
비몽사몽간에 들리는 비명 같기도 한 소리를 따라 간다

잠에서 막 깨어난 나나니벌은 영문도 모른 채
안녕 이라는 말을 할 겨를도 없이
새의 혓바닥 위에서 사지를 비틀고
나나니벌을 문 새는
포롱,
무리 속으로 날아가
째재재, 째재재, 째재재

제4부

어린 왕자

목포 웰빙전복집
문인들이 모였는데
그중에 어린 왕자가 있다
나이 팔십, 작은 체구에 귀엽기까지 한
독일에서 살다 오신 분
끼리끼리 모여 자기들이야기에 몰두할 때
조용히 가방을 뒤적여 가지고 온 도시락을 꺼낸다
불콰한 얼굴로 웃고 떠드는 사람 사이에
그림자처럼 조용히 앉아
반만 먹고 남긴 전복죽을 빈 도시락에 옮겨 담다가
눈이 마주치자 해맑게 웃으며 작은 소리로
―몸에 밴 습관이에요 아내 갖다주려고
웰빙전복집이
전보다 조금 더 환해진 걸
거기 있는 사람들은 알아챘을까

개똥

햇살 보르르한 날 오후
얼굴 하얀 선생님 손을 잡고
올망졸망한 아이들이 나들이를 나왔습니다

아이들은 모든 것이 신기하고
선생님은 꽃과 풀의 이름을 아이들에게 가르칩니다

이건, 강아지풀!
이건, 애기똥풀!
복실복실 몽글몽글
태어난 지 한 달된 강아지들처럼
천방지축 묻고, 또 묻고

공원 한 바퀴 돌아 다시 그 자리

강아지풀 하나 쭉 뽑아 들고
선생님이 묻습니다
이건 뭐라고?
한아이가 자신 있게 대답합니다
개!

노란 애기똥풀 가리키며
이건 뭐라고?
좀 전의 그 아이
똥!
하고 자랑스럽게 말합니다

세상에
누가 저토록
명료하고 확신에 찬 답을
이 세상에 던질 수 있을까요

불온한 오후

마음에 무장 해제를 하고 느긋하게 걷는데
앞에서 걸어오는 저이는
사람인가 유령인가

대낮의 산길에서도
어둠 속 길모퉁이에서도
불쑥 나타났다 순식간에 사라지는
히잡 속 빛나는 눈빛

장총 대신 두 주먹 불끈 쥐고
한 치의 흐트러짐도 용납하지 않겠다는 듯
검은 눈동자는 정면을 노려본다

꼭 다문 입술은
어떤 비밀도 누설하지 않겠다는 다짐인가
신념을 지키고야 말겠다는 결단인가

몸속 어딘가에 폭탄 하나쯤 숨기고 있을 것 같은
당신!
방금 전 빌딩 속으로 숨어든
당신의 내력이 불온하다

초록벌레의 우화

배추밭에 초록벌레가
사각사각 배춧잎을 갉아 먹는다
초록 똥을 누고 초록의 피를 가진 벌레
밤사이 배춧잎 하나를
잎맥만 남겨둔 채 모두 먹어치우고
토실한 엉덩이 꿈틀거리며 기어 나와
엷은 햇살 아래 우화羽化를 꿈꾼다
날개돋이 하기엔 너무 짧은 시간
나뭇가지에 앉아 고개 갸웃거리며
까만 눈망울 굴리던 참새가
포롱 땅으로 내려와
초록벌레를 물고 하늘로 날아오른다

푸른 물고기

허공에 매달려 바람에 흔들리며
탑돌이 하는 사람들의 귓바퀴 속으로
뎅그렁, 뎅그렁
숨어들곤 하던 날들이 지겹기도 했을 거야
절집에 봄이 왔다는 걸 느끼고
몸에 푸른 비늘이 돋았을 거야
절 마당 연못에서 헤엄치는 물고기를 보며
지느러미에도 붉은 물이 들었을 거야
주체할 수 없는 기운을 한데모아
일순간 뛰어내렸을 거야 그리곤
땅에 머리를 박고 퍼덕거렸을 거야
사람들은 합장하고 탑을 돌지만
발아래 퍼덕거리는 푸른 물고기는 보지 못했을 거야
물고기의 푸른 지느러미를 밟고
옴마니 반메 훔!
그 물고기를 보는 순간
연못에 넣어 주어야 한다는 생각이 먼저 들었어
물고기를 물속에 놓아주자
바위틈으로 파고드는 속도는
내가 네게로 가는 속도보다 빨랐어

옛집

허물어져가는 옛집
칡넝쿨 밀어내고 방문을 열자
흙벽에서 묻어나는 유년의 기억들이 갈라진 틈 사이로
하나둘 기어 나와 말을 건넨다
한때는 따스한 온기가 스미던 집
급하게 두고 떠난 세간들이
주인 없는 빈 집을 오래도록 지키고

한참을 서성이다 돌아서 나오는데
확!
발목을 움켜잡는 손 하나

평생 등에 진 짐 내려놓지 못하다가
방바닥이라도 지고 있어야 안심이 된다는 듯
무거운 방바닥을 짊어지고
마른 콩깍지마냥 말라가던 아버지
등에 물주머니 하나를 달고
낙타처럼
적막 속을 홀로 걸어가면서도 끝내
놓지 못하던

손때 묻은 효자손

꼽등이

싸락눈 내리는 소리 적막을 깨는 밤
오래된 전등을 켜고 책을 읽는다
또, 또, 또,
긴 더듬이로 바닥을 두드리며
더듬더듬 세상을 건너온
한쪽 다리가 떨어져나간
너는 불구의 몸
신이 장난처럼 찍어놓은
점 같은 눈에
외로움이 묻어 있다
이렇게 스산한 밤
한줄기 빛을 찾아
말이라도 걸어오듯
더듬더듬 다가와
손등을 두드린다
별은 너무 멀리 있고
바람은 뼛속을 후비니
시답잖은 책 덮어놓고
술이나 한잔 하자 한다

꽃도 모르면서

백년초 가시 사이
가는 잎 유홍초 한 뿌리
들며나며 눈 맞추고 지지대 세워주고
널 그리듯 꽃 보길 기다렸다
아랫배 볼록하니 꽃망울 터질 듯한데
집 잠시 비운 사이
모진 손이 뽑아버린 말라비틀어진 절규
그 뿌리 다시 흙에 묻으며
간절히 빌었다
견뎌보라고,
꽃은 봐야 하지 않느냐고

밤새 얼마나 몸속 진액을 짜내었는지
시든 줄기에 매달린 작고 앙증맞은 붉은 꽃잎 하나
그 위에 그렁그렁 눈물이 맺혔다

자작나무

결 고운 흰 살갗에 상처의 흔적 즐비한 건
별에 가까이 닿기 위해
몸에 흐르는 물길 스스로 차단하고
밤마다 몰래 운 흔적인 걸 알겠다

가을 햇살 아래 반짝이는 잎들은
그렁그렁 맺혔다
끝내 떨어지는
당신의 눈물인 걸 알겠다

몸 안에 흐르는
줄기 하나 끊어내고
그림자도 서러워 우는
휘청거리는 오후

묵은 상처에는 왜
자작나무 타는 향기가 나는지
이제 알겠다

왜

햇살은 왜 이리도 눈부신가
칸나는 왜 저리도 환장하게 붉은가
시간은 왜 지지리도 더디게 또 빨리 지나가나
몇 차례 창문에 머리를 박고 정신이 나간 제비도
떠날 때는 아는지
한 바퀴 마당을 돌고 날아간
적막한 오후
복실이는 왜 저렇게 간절한 눈으로 쳐다보고 있나

빌어먹을……

새

나뭇잎이 떨어진 빈 가지에
눈은 내려 쌓이고
멍든 하늘을 날던 새도
길을 잃었는지
가지 위에 내려와
동그랗게 몸을 말고
먼 곳을 본다
날아가야 할 방향을 생각하며
정물처럼 앉아 있다
작은 몸 위로 하염없이 눈은 내리고
굳고 정하다는 갈매나무*
씨앗 같은 까만 눈을
또록또록 굴리며
긴 겨울을
견뎌내고 있는 것이다

● 백석 「남신의주 유동박시봉방」

지상에 뜬 별

유명한 맛집 앞 화분에
담배꽁초, 종이컵, 가래침이 널브러져 있는 곳
오종종 별꽃이 피었다
쓰레기 더미를 뚫고 나온
작고 연약한
지구에서 가장 환한 별

비 맞은 狂人

숲에
비가 내리면
속수무책 맞을 밖에
도리가 없다
한두 방울 떨어질 때는
어떻게든 피해보려
손으로 얼굴을 가리고 뛰어도 보지만
젖을 만큼 젖어 속까지 흥건해져
더 이상 젖을 것이 없어지면
숲의 일부가 된 것처럼
비로소 마음 가벼워져서
맑은 날은 똑바로 보지 못한 하늘도
고개 들어 마음껏 쳐다보고
팔 벌리고 너풀너풀 춤을 추는
풀잎처럼 나뭇잎처럼
푸르러져서, 푸르러져서
펄쩍펄쩍 뛰다가
퍼덕퍼덕
꺼병이처럼 아직 돋지 않는 날개를 퍼덕이다가

제5부

회산에 가서

새도 허공에서 공출공출 울고 다니던 때가 있었다는데
나락이 익어 고개 숙여도
나락 까시락처럼
허기진 종種들이 살고 있었다는데
부두에서 실려가는
형제의 목숨 줄
차마 내 손으로 실어 보낼 수 없어
왜놈 순사 때려눕히고
천사촌으로 들어와 천사가 되었다던가
그이는
입이 있어도 말하지 못하던 종種들이
어느 날 입이 틔어
품, 품, 품, 품바, 품바
입으로 방귀를 뀌며
허기진 삼베 고쟁이에 빠지는 바람처럼
세상을 발아래 두고
주린 배 허공으로 채우며

양쪽에 천사들을 거느리고
입방귀 뀌며 떠돌 때

일로 오소, 일로 오소

내 밥 같이 나눠 먹세

각설하고 다가가보니

연못 속에

마른 발목 썩어드는 줄 모르고

사리 같은 고봉밥 담아 들고 섰는

저 귀하신 이, 누구신가●

● 김선우 『내 몸속에 잠든 이 누구신가』

사내의 빈 무덤에 술을 따르고

회산, 연꽃 만나러 가는 길
김우진 초혼 묘 *라 써진 화살표가 자꾸 눈에 박혔다
달빛 청정한 밤
우연처럼 만난 사내 하나 옆자리에 태우고 찾아가려 했
던 곳
끝내 가지 못하고 까마득히 잊고 살다가
문득, 묻고 싶어지는 것인데
그곳에는 정녕
잡은 손 놓을 일 없는 것인지
사내의 빈 무덤에 술을 따르고
사의 찬미라도 목 놓아 부르고 싶은 날
삼나무 숲엔 웅웅 바람이 일고
은사시나무 흰 뼈들이 몸을 떠는 동짓날
끝내 놓아버린 손 하나
눈에 박히고, 가슴에 박히고
살 속 깊이 박혀서
정강이에 묻어 온 도깨비바늘처럼
자꾸 살을 찌르는 것인데

● 현해탄에서 윤심덕과 몸을 던졌다는 김우진의 초혼묘. 무안군 청
  계면 월선리.

담

긴 그림자를 끌고
물일 나간 여자가
오래도록 뻘에 잠긴 발을 빼고 돌아와
바지락 담은 망태를 내려놓고
엉거주춤 허리를 펴면
여자의 몸속 깊은 곳에서
깊고 아득한
휘파람 소리 들리고

종일 햇살을 받아
자기 몸을 따뜻하게 데워
잠시 등 기대고 앉은 여자의
언 등을 녹여주는 또 하나의 등이 있다

싱싱

몽탄,
꿈여울이라는 말이 좋아
찾아간 식당
해심海心 스님과 마주앉은 자리
고춧가루 갑옷을 입은 무장한 농게 한 마리
양팔을 치켜들고
두 눈 부릅뜨고 나를 노려본다
어디 한 번 해보자는 식이다
목숨 건 투지가 눈물겹다
잃을 것이 없으니
두려울 것도 없다는 것인가
아니면 목숨 걸고 지키고 싶은 그 무엇이 있는 건가
목숨도 사랑도 아니면
두고 온 바다 그 찰진 개흙인가
젓가락 들고
마른 밥알 씹는데
마주앉은 스님
양념 묻은 집게발 툭툭 치며 한 말씀 하신다
고놈 참!

무안의 바다

해질녘 바닷가에 서면
종일 바다에 나갔다 돌아와
갯바닥에 기우뚱 몸을 의지하고 누운
목선의 아랫도리가 서럽다
외다리로 서서 먼 바다를 보고 있는
왜가리의 가늘고 긴 목처럼
휘어진 해안선은
정지된 화면처럼 고요하다
태양은 세상의 빛을 거두어 바닷속으로 사라지고
길은 점점 지워지는데
먼데서 물새 소리 들리고
집집마다 창가에 불이 켜지고
종일 해풍을 맞으며 갯일 하던 사람들은
숟가락을 놓고 쓰러져 잠들겠지만
멀리 나갔던 밀물은 돌아와
낡은 목선의 등허리를 쓸어주고
달빛은 잘박잘박 물드는 해안선을
고요히 비춰주고 있을 것이다

낙지 잡는 시인

무안, 갯벌낙지직판장 11호점에는
낙지 잡는 시인이 산다
송현나루에서 손에 잡힐 듯 보이는
섬,
탄도에서
바닥을 기었다 했다
허벅지까지 푹푹 빠지는 찰진 뻘은
그의 발목을 잡고
평생을 놓아주지 않았다 했다
벗어나려 발버둥 치면 칠수록
깊이 빠져드는 뻘바탕에
소주병으로 병나발 불며
허공에 삿대질을 하고
악을 쓰면 쓸수록
고독은 칼바람으로
더욱 세차게
얼굴을 후려치더라 했다
절망은 더 깊은 절망을 딛고 일어선다던가
그는 찰진 뻘을 딛고 다시 일어섰다 했다
팔목을 휘어 감는 낙지발을 움켜잡고

꽃매 이야기

바다가 내려다보이는 언덕배기
꽃매는 한가롭다
십팔년 동안 논밭을 갈다가
이제 트랙터에 밀려
오랜만에 한가롭게 풀밭에서
꽃향기 맡으며
헤설피 게으른 울음을 운다°
도로 하나 사이에 두고
종일 마늘밭 매다
잠시 허리 편 등굽은 여자와 눈이 맞았고
도화꽃 만발한 봄날에
늙은 소가 눈물 그렁한 눈으로
긴 세월 함께 논밭을 누비며 일만 하다 늙어가는
최옥심 여사에게 말을 건다

옥심아 우리 꽃구경 갈까

● 정지용 「향수」

비오는 날은 모든 것을 용서한다

누군가 말했다
비오는 날은 모든 것을 용서한다

겨울비 주룩주룩 내리는 날
용서받고 싶어라

사랑한 죄
사랑하지 못한 죄

시도 밥이 될 때가 있습니다

시 한 편 팔았습니다
쌀 한 포대 사고 얼마가 남았습니다
당신이 좋아하는
국화빵 아이스크림도 샀습니다
이제 두어 달 양식 걱정 없겠습니다
참 푸짐한 저녁입니다
오늘은 시가 눈물겹게 고맙습니다

촉각적 상상력과 불온한 진실
―손수진 시의 의미

김경복(문학평론가, 경남대 교수)

    한 시인의 의식을 따라가보는 일은 흥미롭고도 위험한 일이다. 흥미로운 것은 그 시인이 감추어두었던 어떤 생의 비밀을 의식의 갈피마다 훔쳐볼 수 있기 때문이다. 특히 격정에 가까운 생의 비밀은 보는 사람에게 흥분과 설렘에 휩싸이게 해 시를 읽는 깊은 쾌감을 준다. 그러나 그러한 깊은 쾌감은 동시에 위험한 일이 되기도 한다. 한 시인의 깊은 의식의 단층에 묻혀 있는 생의 진실을 독자가 민낯으로 목도하게 되었을 때 어떤 경우에는 재미를 넘어 깊은 충격을 받기도 하기 때문이다. 다시 말해 큰 충격으로 인해 시적 자아의 삶이 남과 같지 않다고 느껴지게 되었을 때, 즉 어느 순간 알 수 없는 힘에 의해 시적 자아에 대한 동조화가 이루어지게 되었을 때, 독자는 제 자아를 잃고 한동안 시 속의 인물에 빙의憑依되어 살아야 할지 모르기 때문이다. 빙의된 채 현실에서 시적 자아와 같은 고통의 압력으로 살아가게 된다면 이는 위험하다 하지 않을 수 없다.

손수진의 이번 두 번째 시집을 읽어가며 독자의 한 사람으로서 나는 바로 위의 두 가지 상반된 감정을 동시에 느꼈다. 스릴감과 함께 충격이 교차적으로 오가는 것을 바라보며, 무엇보다 궁금한 것은 무엇이 이 시인으로 하여금 이렇게 고통스러운 시적 화자들을 그려내게 하였는가 하는 점이다. 손 시인의 시가 독자인 나를 달뜨게 하고 불편하게 하면서 내 의식의 심처로 침투해 들어와 한 동안 몸살을 앓게하였는데, 그 또한 무엇 때문이었는가 하는 점도 궁금하다할 만하다. 빙의, 혹은 접신接神이라고 부를 수 있는 현상이 발생하였다는 사실은 손수진 시인의 시가, 그 시에 아로새겨진 시인의 고뇌가 결코 만만치 않다는 점을 암시해준다. 심미적 관점에서 볼 때엔 이런 현상은 독자에게 감동을 꽤 깊이 주는 것으로 볼 수 있어 좋은 일이다.

그런 말들은 손수진 시인의 시가 내면에 폭풍우 치는 바다와 같은, 위태롭고 격렬한 그 무언가를 간직하고 있다는 뜻일 것이다. 실제 이번 시집을 읽어보면 그것을 느낄 수 있다. 아슬아슬하고 뭔가 간질간질하기도 한, 그러면서 넘실대며 뒤틀리는 이미지들이 흘러 다닌다. 에너지가 여러 겹으로 농축된 이미지는 강한 꿈틀거림으로 두려움을 주기도한다. 여러 시들이 주는 이미지의 결로 볼 때 손수진 시인의 내면은 지금 불안해 보인다. 어떤 폭발의 시점과 지점을 향해 달려가는 듯한 느낌을 주는 것이다. 분출되지 않은 채 꿈틀거리는 화산 지대를 통과하는 것처럼 손수진 시의 풍경을 질러가려는 사람은 애써 마음의 준비를 해야 할지 모른다. 모험은 즐거운 일이기도 하지만 길을 잃고, 더 나아가 정신마저 잃은 채 낯선 세계에 빠져 돌아올 수 없을지 모르기 때문이다. 그러나, 그 여행의 즐거움이여! 그 세계의 미로여! 우리를 황홀로 인도하는 세계는 값지도다, 일상의 무미건조함과 무의미함을 단박에 깨뜨려주니! 이를 알기 위해 벼락과 해일이 치는 손수진 시의 내면세계로 마음을 다잡고 들어가 볼 일이다.

존재의 허기, 그 그로테스크한 부정

손수진 시의 대지에 발을 내딛었을 때 가장 처음 만나는 장면은 황량함이다. 존재는 결핍으로 병들어 있고, 세계는 뒤틀려 있다. 특히 사랑을 잃거나, 사랑을 하고 있지만 병든 사랑을 하는 모습으로 시적 화자들이 등장하는 것을 볼 수 있는데, 그러한 것들은 자아의 황폐함과 동시에 세계의 황량함을 보여주는 것이라 할 수 있다. 시인은 이 모든 것의 구체적 현상으로 존재의 허기를 형상화하고 있다. 다음 두 편의 시가 그것을 보여준다.

나를 안고 있는 한
벗어날 수 없을 거야
가을 햇살은 허기를 동반하지

당신을 먹고 싶어

머리부터 발끝까지 당신을 먹으면

나는 비로소 당신이 되는 거지

두려워하지 마

꿈을 꾸며 날던

푸른 두 날개는 먹지 않을게

아름다워라!

파르라니 떨리는 잎맥 같은 날개에 온기가 남아 있네

내 사랑을 지독하다 말하지 말아줘

당신의 남은 두 날개로

나를 안고 날아가줄래

　　　　　　　　　　　　—「팜므파탈」 전문

너의 살 냄새가

허기진 심장에 박히면

제일 먼저 네 눈을 먹을게

머루알같이 검은 네 눈

혓바닥으론 체리 같은 입술을 핥으며

붉은 피를 입속으로 흘려보내

촛불을 끄고

　　　　　　　　　　　—「해피버스데이 투유」 부분

　위 두 편의 시는 모두 시적 화자의 '허기'를 표현하고 있다. 그런데 그 허기를 채우는 방식은 매우 엽기적이며 잔

혹하다. 먼저 허기의 실체를 살펴보면 "가을 햇살은 허기를 동반하지", 또는 "허기진 심장"이란 말로 볼 때 이 허기는 단순한 배의 공복 상태를 뜻하는 것은 아니다. '가을 햇살'이 허기를 동반케 한다는 말은 배고픔의 문제가 아니라 존재의 본질적 요소로서 그 무언가가 결핍되어 있다는 것을 암시한다고 볼 수 있다. 가을 햇살은 이때 존재의 생성과 몰락에 대한 사유를 촉진하는 상징물로 쓰이는 까닭이다. 이는 '허기진 심장'이란 표현과 연동해서 생각해볼 때 더욱 타당해 보인다. 심장이 허기지는 일은 공복의 문제가 아니라 바로 생명 그 자체로서 존재의 본질적 요소의 결핍을 암시하는 것이기 십상이기 때문이다. 심장은 제 존재성을 유지하기 위해서는 반드시 충만한 건강함을 지니고 있어야 할 것인데, 시적 화자는 심장이 그렇지 못하다고, 즉 허기져 있다고 표현함으로써 자신의 실존적 현실의 문제를 드러내고 있다.

이 허기가 오게 된 원인과 그 참된 모습은 시의 정보로는 제대로 알 수 없다. 시적 문맥으로 볼 때 대상과의 분리에서 허기가 발생하고, 이 분리를 넘어 합일에 이르고 싶다는 욕망이 그 본모습이 아닐까 정도로 추측되지만 그것은 현실적 이유라기보다 해석의 편의를 위한 내용에 불과하다는 생각이 든다. 다만 허기라는 것이 제 몸 안에서 일어나는 감각이니만큼 즉각적이고 구체적인 현상으로 자아의 의식에 작용할 것이란 사실은 분명해 보인다. 이 점이 이 시의 특징을 드러내는 부분이다. 존재는 허기를 달래기 위해 무엇인가를 먹게 되는데, 위 시에서는 그것들이 바로 사랑하는 대상의 피와 살이라는 점이 특색이다.

사람의 입장에서 볼 때 식인의 습관은 원시시대에나 있을 법한 문화다. 그런데 손수진 시인은 두 편의 시에서 이를 그로테스크한 이미지로 형상화하여 시적 메시지를 만들고 있다. 원시인에게 있었던 식인의 풍습이 죽은 그 사람과 하나가 된다는 믿음을 빌려와, 자신 역시 사랑하는 사람과 하나가 되기 위해서는 서로 먹고 먹혀 하나의 살과 피로 변해야 한다고 보고 있는 것이다. 가령 "머리부터 발끝까지 당신을 먹으면/ 나는 비로소 당신이 되는 거지"나, "붉은 피를 입속으로 흘려보내/ 촛불을 끄고"의 표현 등이 바로 그것을 말해주는 것인데, 이것은 모두 사랑의 분리에 대한 극단적 불안 내지 부정을 드러내주는 것이라 할 수 있다. 그것은 다시 말해 현재의 사랑이 원만하지 않고, 사랑의 이별을 감당할 수 없는 자아가 대상의 상징적 살해를 통해 영원한 사랑을 유지하고 싶다는 욕망의 표시인 것이다.

그런 관점에서 보면 시인의 사랑에 대한 집념은 일상적 사람의 입장에서 본다면 매우 극단적이고 뒤틀린 현상으로 볼 수 있다. 그러나 문학적 관점에서 보자면 그것은 영원한 사랑을 갈구하는 지고지순한 형식이다. 현실적 여건이나 기타 여러 문제들을 하나도 남김없이 증류시켜버린 상태에서 순수하게 사랑의 문제만 남게 되었을 때 가질 법한 합일의 형식인 것이다. 그런 만큼 이 사랑은 순수 그 자체이지만 역설적이게도 현실적 측면에서는 치명적이다. 피와

살이 도처에 끔찍하고 황량하게 펼쳐져 있다하더라도 이미 지고지순한 세계로 합일되어간 이들에게 이러한 풍경은 아무런 규정력을 갖지 못한다. 이 점에서 손수진 시인의 내면에 이는 불길은, 욕망은 무섭게 불타오르고 그의 시를 읽는 독자들마저 치명상을 입힐 수 있을 만큼 광포하게 넘실대고 있다. 그것은 시 제목에서도 간취되는데, 「팜므파탈」에서 시인은 자신이 대상을 파괴하는 여자임을 굳이 가리려 하지 않음으로써 도발적 자세를 드러내 보이거나, 「해피버스데이 투유」라는 제목에서는 당신의 파괴가 바로 새로운 탄생일이 된다는 매우 불온한 역설의 의미를 부여함으로써 빈정과 비꼼의 자세를 보이고 있는 데서 알 수 있다.

그렇다. 손수진은 지금 "푸른 두 날개는 먹지 않을게/ 아름다워라!"라고 말하는 데서 알 수 있듯 아이러니를 통해 대상을 향해, 즉 세상을 향해 주먹질을 하며 빈정대고 있다. 그로테스크한 풍경도 사실 환멸과 부정의 형식으로 기능한다는 점에서 지금 대상을 '먹어치우는' 시적 화자의 입장에서 볼 때 무엇인가 마음에 안 든다는 전언을 날리고 있는 셈이다. 지고지순한 사랑의 형식을 취하지만 그것은 추상의 세계로 달려가는 만큼 역으로 보자면 일상적 현실의 모습이 마음에 안 들어 탈출하고 있다는, 즉 현실을 부정하고 있다는 말이 된다.

그 점에서 그녀의 부정의 심리적 현상 밑에 잠재해 있는 분노의 원인에 대한 구체적 탐사가 이루어지 않으면 안 된다. 시가 힘을 갖추려면 관념의 세계에서 빠져나와 현실적 영향권 안에서 자장磁場을 방사할 수 있어야 하는 것이다. 그럴 때 그녀가 고통스럽게 응시하는 것이 무엇인지에 대해 다음의 시들이 그 하나의 근거를 제시하고 있음을 발견할 수 있을 것이다.

이름도 없이
털 속에 숭숭 바람만 채우고 떠돌다가
자기의 의사와는 상관없이
까만 봉다리라 이름 지어진 너는
어느새 내 가까이에 와 있고
두려움보다 앞서는 욕망이
너를 끌어당겼으리

—「은밀하게, 아주 은밀하게」 부분

수단 다사나시 소녀들이 하는 일은
발목에 족쇄를 차고
두 시간의 마른땅을 걸어
모래 구덩이를 파고 물을 구해오는 일
초경이 시작되면
양쪽 발목에 4개씩 족쇄를 채우는 일
생 이[齒]가 뽑힐 때도 절대 울지 않는 일
…(중략)…
그리고, 첫날밤
아버지보다 나이 많은 남자가

110

발에 묶인 족쇄를 풀어줄 때까지

검고 큰 눈 깜박거리며 기다리고 있는 일

—「철의 소녀들」 부분

이 두 편의 시는 손수진 시인에게 있어서 어디에 그 마음
의 분노가 발생하는지를 알게 해준다. 우선 「은밀하게, 아
주 은밀하게」에서는 바로 동일자에 의해 규정당하는 타자
적 삶의 형식이 분노의 원인이 됨을 보여준다. "자기의 의
사와는 상관없이/ 까만 봉다리라 이름 지어진 너"의 표현은
타자의 대상으로 떨어지는 존재의 부당함과 슬픔을 드러내
고 있다. 이 존재는 자신의 정체성을 찾기 위해 "두려움보
다 앞서는 욕망이/ 너를 끌어당겼으리"에서 볼 수 있듯 동
일자의 감시를 피하는, 즉 억압적 금기를 위반하는 욕망의
강렬성을 보여준다. 이때의 욕망은 참된 자아를 찾으려는
측면에서 진정한 욕구다. 그 점에서 시인은 언어를 비롯한
이데올로기로 대변된 문화적 기득권자로서 등장하는 동일
자에 대한 타자로서의 비참과 슬픔을 그 분노의 한 원인으
로 제시하고 있다.

그 다음 「철의 소녀들」을 보면 이 분노의 원인은 좀 더 구
체적으로 나타난다. "수단 다사나시 소녀들이 하는 일은/
발목에 족쇄를 차고/ 두 시간의 마른땅을 걸어/ 모래 구덩
이를 파고 물을 구해오는 일"에서 볼 수 있듯 시적 화자는
수단 다사나시 소녀들과 동일시된 상태에서 그녀들이 차고
있는 '발목 족쇄'의 상징성을 통해 억압의 부당함과 존재의

무기력함을 표현한다. 더 나아가 이러한 여성적 존재의 부당함을 해소하는 일마저 남성에 의해 이루어지는, 즉 "아버지보다 나이 많은 남자가/ 발에 묶인 족쇄를 풀어줄 때까지/ 검고 큰 눈 깜박거리며 기다리고 있는 일"로 말함으로써 가부장적 사회의 억압이 얼마나 깊고 넓은지를 고발하고 있다. 시인은 이 시를 통해 타자로 규정당하는 대상이 바로 여성적 존재임을 분명하게 드러내면서 부자유와 불평등의 삶이 어떻게 이루어지고 전개되는지를 밝히고 있다. 어조의 측면에서는 하나의 사실을 전달하는 듯 보이지만 문맥에 감춰진 시적 화자의 정서는 슬픔과 억울함을 뭉친 분노의 감정이다.

촉각적 상상력과 동일성의 세계 지향

그렇게 볼 때 손수진 시인의 의식 속에는 일정하게 남성 중심주의 사회의 제도적 차별에 대한 여성적 존재의 원한이 밑바탕에 깔려 있다. 그것은 지배자의 눈으로 볼 때 불온한 것으로 보이기 십상이다. 이를 집약적으로 보여주는 작품이 이번 시집의 표제시가 되는 다음 시다.

캄캄한 어둠 속에서 방울을 울릴 때마다
울대를 잡은 손에 힘이 들어갔던가 당신
행여나 발뒤꿈치를 물릴까 봐
끝없는 충성을 요구했던가 당신

때론,

이글거리는 태양빛에

축축한 심장을 꺼내

반짝이는 모래 위에 펼쳐놓고

바람의 문장을 새기고 싶을 때가 있다는 것

아는가 당신

밤이면 별빛 아래

관객 없는 춤을 추고

새벽이슬 머리에 꽂고

낙타의 발자국을 따라가

독이 든 사과를 나눠 먹고

죽고 싶을 때가 있다는 것도

아는가 당신

방울 소리 딸랑거릴 때마다

귀를 틀어막는 당신

당신의 차가운 등에 내 심장을 포개고

뱀처럼 울고 싶을 때가 있다는 것도

아는가 당신

—「방울뱀이 운다」 전문

이 시에서 문제가 되는 부분은 '당신'과 '나'의 관계성이
다. 시의 '당신'은 나의 도전과 반항을 막기 위해 "울대를 잡
은 손에 힘이 들어"가게 하거나, "끝없는 충성을 요구"하
고, 무어라 말하면 "귀를 틀어막"기만 하는 "차가운 등"을

가진 존재다. '나'는 이러한 당신에게 "캄캄한 어둠 속에서 방울을 울리"며 방울뱀처럼 "울고 싶을 때가 있"는 소외된 존재다. 이 존재가 하고 싶은 것은 "이글거리는 태양빛에/ 축축한 심장을 꺼내/ 반짝이는 모래 위에 펼쳐놓고/ 바람의 문장을 새기고 싶을 때가 있다는 것" 등으로 볼 때 현실적 결핍과 억압에서 벗어나 자유롭고 풍족하게 생을 살아가는 데에 있다. 그리고 이러한 것을 이루기 위해 그 어떤 불온한 행동도 마다하지 않을 것이란 점을 명백히 밝히고 있다. 그런 점들을 보았을 때 이 시에서 당신은 억압자, 나는 피억압자의 지배 관계에 있음을 알 수 있다. 그런데 문제는 이 억압과 지배의 관계가 "당신의 차가운 등에 내 심장을 포개고/ 뱀처럼 울고 싶을 때가 있다"는 고백을 두고 볼 때 단순한 주인과 종의 관계로 귀속되는 것이 아니라는 데에 있다. 이것은 남녀의 사랑이란 형식을 전제로 한 모순적 관계를 지시한다.

그 점에서 이 시는 페미니즘 관점에서 시를 볼 것을 주문하고 있다. 당신은 나에게 사랑의 대상이 되나, 사랑이란 이름으로 복종과 헌신을 강요하는 지배자가 된다. 그것은 진정한 사랑의 관계가 아니다. 그러기에 여러 번, 아마 수천 번 이러한 모순적 관계에 대해 문제를 제기하고 이의를 달았으되 당신은, 여기서는 가부장제 사회는 여성의 울대를 더욱 조이거나 자신의 귀를 틀어막고 소통 불능의 단계에까지 오게 하였을 것이다. 이 도저한 불능적 관계와 제도에 의해 타자로서 여성은 원한이 깊어져 그 한이 방울뱀의 방울소리와 독으로 상징화되어 나타날 수밖에 없게 되었다는 것이 시인의 의식인 것이다. 정당한 주체로의 소환을 우선 꿈꾸고 있다고 말해야 할 것이다.

심미적 차원에서 방울뱀으로 화한 여성의 자의식과 원한은 매우 상징적 효과가 크다. 금기를 위반하는 이브의 전통 상징이 일부 섞여 있지만 현대적 여성의 깊은 고뇌와 분노의 표출로서 방울뱀과 방울소리는 꿈틀대는 뱀의 역동적 이미지에다 잠들어있는 일상적 의식을 흔들어 깨우는 것으로 형상화됨으로써 큰 반향을 불러일으킨다. 무엇보다 소외된 여성의 현실적 처지를 어둠 속에서 똬리 튼 채 독을 품고 자신이 아직 살아있음을 방울소리로 알리는 도사린 존재, 즉 방울뱀으로 그려낸 것은 놀라운 발견이다. 이것은 손수진이 의식하는 여성적 실존의 문제가 단순한 남녀의 불평등이나 제도적 차별의 문제로 귀착되지 않은 지점이 들어 있음을 말해주는 대목이다. 남녀의 모순적 관계를 인정하되 사회적 제도 차원의 해결도 있겠지만 무엇보다 시인의 입장에서 본다면 심리적 영적 관계의 개선으로서 나와 당신의 관계가 정립되기를 바라는 마음이 반영된 결과로 보인다. 이는 앞의 지고지순한 사랑을 갈구했던 시들의 주제와 연관되는 특성이다.

이 점에서 억압적이고 폐쇄된 현실에서 소외된 존재로서 가지는 감정은 분노와 부정이다. 그러나 그 분노와 부정이 아무리 표출해도 반응이 없거나 표출 자체마저 정상적 방식으로 드러낼 길이 막혀있다고 느낄 때 좌절한 존재들은 환

멸의 양상을 띠게 된다. 시는 환멸의 형식을 드러내게 되는
것이다. 앞에서 일부 보았지만 다음 시편이 바로 그 점을 잘
드러내고 있어 이번 시집에서 문제적 작품이 된다.

> 옆에 앉은 여자의 미끈한 허벅지를 힐끔거리거나
> 핸드폰에 코를 박고 먹잇감을 사냥하죠
> 비가 내리네요
> 지겨워요
> 빨리 이 도시를 빠져나가야겠어요
> 어쩔 수 없죠
> 지나가는 빨간 스쿠터를 세우고
> 오빠의 등에 찰싹 달라붙는 거예요 그리고
> 가죽 부츠로 미끈한 종아리를 힘껏 걷어차는 거예요
> 히~힝
> 그냥 달리는 거죠
>
> —「빨간 스쿠터를 타세요」 부분

이 시의 특성은 "지겨워요"로 대변되는 현재적 심리적 상
태와 "빨리 이 도시를 빠져나가야겠어요"로 대변된 지향적
심리 상태에 나타나 있다. 지겹다는 것은 삶의 의미를 찾지
못했다는 것을 뜻한다. 이 시의 화자도 여성으로 등장하는
것으로 보아 앞서 보았던 여성적 존재의 심리적 현실을 가
지고 있을 것이란 점을 추측해볼 수 있다. 실제 이 시에서
도 여성적 존재로 이 도시에 살아보아야 아무런 삶의 가치

116

를 발견하지 못하리라는 현실적 진단을 내린 상태라는 것을 알 수 있다. 그런 차원에서 현실 부정으로 일탈을 꿈꾸게 됨을 보여주는데, 그 방식이 매우 감각적이자 즉흥적이다. 즉 "히~힝/ 그냥 달리는 거죠"라는 표현을 두고 볼 때 미래에 대한 대비나 기대 없이 단순한 현실 도피의 심리를 여과 없이 드러내고 있다. 시인은 시적 화자의 심리 상태를 우울과 타락으로 얼룩지게 만들어 끔찍하고 황량한 풍경에서 한 걸음 더 나아가 도덕적 타락의 상태인 환멸의 양식을 만들어내고 있는 것이다.

욕망만 있고 이성과 절제가 없는 곳으로서 이 도시는 악마적 공간이다. 원한과 사악만이 존재하는 곳에서 도덕과 겸양을 차리는 것은 어리석은 일일지 모른다. 모든 것을 환멸의 대상과 감정으로 바라보게 될 때 세계는 더 이상 존재할 필요가 없는 것으로 부정된다. 이 점이 바로 환멸의 양식이 가지는 긍정성이다. 이 시에서 그려지고 있는 악마적 공간으로서 도시는 바로 앞의 시들에서 시인이 인식한 억압과 비정이 판치는 장소다. 그런 곳은 시적 영혼을 가진 존재들이 살 수 없는 곳이다. 그 점에서 환멸의 양식의 시들은 영혼의 병듦을 보여주면서 세계의 타락을 고발하고 있는 역설적 현상의 시인 것이다.

이런 내용을 손수진 시인은 그의 다른 시, 가령 "서둘러 사랑하고/ 서투르게 아기를 낳고/ 서툴러서 아기를 변기 속에 빠뜨리고/ 불안하고 초조해서/ 골목을 배회하고/ 침을 뱉고, 욕을 하고, 불량하게 다리를 흔들어/ 친구들은 어두

운 골목에 모여서/ 입으로 연기를 피워 하늘에 신호를 보내
주지/ 하나,/ 둘,/ 셋,/ 타이밍에 맞추어 몸을 날려"(「moon」)
에서 볼 수 있듯이 죽음으로 행진하는 이 시대의 청소년들
의 우울한 음화陰畵를 통해 당대의 사회가 가진 모순과 억압
이 얼마나 본질적이고 심층적인 문제인지를 잘 그려 보여주
고 있다. 이 시도 그로테스크한 상황을 보여줌으로써 괴기
함을 통해 현실적 삶의 부정성을 환기한다. 그녀의 시에서
환멸은 세계에 대한 사랑의 방식이 좌절됨에 따른 절규이자
조소嘲笑이며, 사랑의 불기를 억지로 불러일으켜 세우기 위
한 가학이자 자학인 셈이다.

　　일탈의 행위가 성공적이며 서정적으로 이루어지는 경우
도 상상해볼 수 있다. 손수진의 시 「가우도」에서 그것이 나
타남을 볼 수 있는데, 극히 제한적 성격을 띠고 있다. 그러
나 그것은 하나의 바람일 뿐 현실적으로 이루어지기 힘든
상황이다. 시인도 이를 잘 알고 있다. 문제의 본질은 이러
한 행위의 저류에 흐르는 것이 대상과의 완전한 합일에 이
르고 싶은 욕망이라는 사실이다. 손수진의 시가 페미니즘
의 관점에서 읽혀지지만 그것에 한정되지 않는 이유는 그가
설정한 합일의 대상이 단순한 남자로 한정되지 않는다는 데
에 있다. 가령 그녀가 "당신의 살갗을 뒤지면/ 갈비뼈 뒤에
깊숙이 숨겨놓은/ 말라비틀어진 심장이 나올까// 어이,/ 당
신 심장에선 왜 마른풀 냄새가 나지"(「가시나무 새」)라고 말하
였을 때, 이는 비록 부정적 사랑의 대상으로서 남자를 당신
으로 여기게끔 하기도 하지만, 좀 더 깊게 읽어보면 '나'란

존재를 만들어놓고 이렇게 방황하게 만든 신에 대한 애증을 보이는 것으로도 읽히기도 한다는 점에서 다르게 해석되기도 한다. 그런 차원에서 앞의 「방울뱀이 운다」의 당신도 해석의 다양성은 열려 있다. 그렇지만 이러한 시들에서 일관되게 보이는 것은 당신에 대한 원망과 함께 대상과 합일되고 싶은 욕망이다. 당신과의 완전한 합일을 통해 동일성의 세계에 이르고 싶다는 욕망의 표현이다.

특이한 것은 이러한 시들의 표현에서 손수진 시인의 특권적 감각 내지 상상력이 출현한다는 사실이다. 그것은 바로 사랑의 특성을 드러내기 위한 상상력으로서 촉각적 감각의 부각이다. 촉각은 이미 앞서 「방울뱀이 운다」에서 보았던 것처럼 손수진 시인의 시 세계를 꿈틀대게 하기도 하지만 간지럽고 달뜬 상태를 만들기도 한다. 다음 두 편의 시가 이를 잘 보여준다.

꽃등에 한 마리가
정지비행을 하다가
손등에 내려앉는다

잠시 탐색하는가 싶더니
주걱 같은 주둥이로
살갗을 더듬는다

야릇하여라

이 가벼운 떨림

집중하지 않으면 알아챌 수 없는

생사를 건 입맞춤

그는 지금 내 몸 구석구석

땀구멍 하나 까지

핥고 있는 중

—「교감」 전문

민달팽이 한 마리가

예민한 촉수로

깊고 아득한 쪽을 더듬는다

간절하여 그리운

어느 한 정점

마음을 짜서 흐르는 진액

꽃잎 위에 떨어지는

그날 그 아침

—「사랑」 전문

위 두 편의 시야말로 긍정적 차원에서 사랑의 관계를 노래하고 있는 작품이다. 그런데 재미있는 현상은 모두 촉각적 감각으로 그 사랑의 특성과 가치를 표현하고 있다는 점이다. 우선 「교감」에서 사랑은 제목이 갖는 '교감'이란 말의 의미로 전환되는데, 이를 실현하는 존재는 "꽃등에 한 마리"다. 그 꽃등에 한 마리는 "주걱 같은 주둥이로/ 살갗을 더듬는다". 이는 "야릇하여라/ 이 가벼운 떨림"이란 구절로 볼 때 사랑의 애무에 해당한다. 문제는 그 애무의 촉각적 의미를 시인은 "생사를 건 입맞춤"으로 형상화해내고 있다는 점이다. 이는 꽃등에 입장으로 볼 때 더듬이로 시적 화자의 손등을 더듬고 핥는 것은 생존을 위한 본능적 행위일 뿐이다. 이를 야릇함과 삶과 죽음의 생사를 건 입맞춤으로 상상하는 것은 시적 화자의 의식 속에서다. 그것은 결국 이러한 촉각적 접촉에 의한 야릇함, 즉 애무는 시적 화자의 입장으로 볼 때는 결국 사랑이라는 것, 그것도 삶과 죽음을 느끼게 하는 신비한 그 무엇일 수 있다는 의식을 보여주는 것이다.

이는 그 아래 시인 「사랑」을 보면 더욱 잘 알 수 있다. 이 시에서 "민달팽이 한 마리가/ 예민한 촉수로/ 깊고 아득한 쪽을 더듬는" 행위 자체를 사랑이라고 그 의미를 부여하고 있기 때문이다. 그런 점에서 민달팽이가 자신의 이동 경로를 쉽게 하기 위해 분비하는 점액을 "간절하여 그리운/ 어느 한 정점/ 마음을 짜서 흐르는 진액"으로 여기는 것은 자신의 사랑 행위와 달팽이의 더듬는 행위 내지 점액 분비 행위를 같은 것으로 본다는 의미를 함축한다. 여기서 문제가 되는 것은 사랑의 완성된 상태, 즉 「교감」에서의 "생사를 건 입맞춤"이나 「사랑」의 "어느 한 정점/ 마음을 짜서 흐르는 진액"이 촉각적 상상력을 통해 구현되고 있다는 사실이다. 이는 손수진 시인이 미처 의식하지 못하는 사이에 그녀의 상상력이 촉각의 감각에 의존하여 전개됨을 보여주는 중요한 사례로 볼 수 있게 하는 근거다.

사랑을 느끼게 하는 감각은 모든 감각이 다 가능하다. 그런데 손 시인이 촉각적 감각을 사랑의 현상과 의미를 드러내는 것으로 무의식에서 불러내는 것은 촉각이 갖는 감각적 특성을 본능적으로 깨우쳤다는 것을 말해준다. 감각에 대해 연구한 알베르트 수스만은 『영혼을 깨우는 12감각』에서 "촉각은 객관적인 사물을 감지하는 기능과 함께 내면적인 친밀감을 표시하는 주관적 기능을 갖고 있다. 사물을 만질 때 느끼는 경계의 체험은 원초적인 욕구의 표출과 인간관계의 은밀함이나 친밀감을 갖게 하지만 만질 수 없는 대상에 대해서는 분리의 존재성을 깨닫게 한다. 이러한 촉각의 특성은 만질 수 없는 존재(신)에 대한 의식으로 이어져 초월적인 존재와의 합일 갈구하는 의식으로 나아간다."고 말한 바 있다. 여기서 볼 수 있듯이 촉각은 은밀함의 감각이나 감정을 드러내는 데에 효과적인 감각이지만 무엇보다 초월적 존재에 대한 합일의 갈구를 드러내는 데에 우선적인 특성을 가지는 감각임을 알 수 있다. 손수진 시인은 이미 앞에서 여러 번 보았듯이 촉각적 이미지들을 통해 마음의 분노나 슬픔을 드러내기도 하였지만 진정한 사랑의 관계, 대상과 완전한 합일의 욕망을 드러내기 위해 촉각적 이미지를 사용하는 것을 살펴본 바 있다. 그런 가운데 위 두 편의 시에서 그것이 간절한 지향성인 "생사를 건 입맞춤"이나 "간절하여 그리운/어느 한 정점", 다시 말해 촉각이 갖는 초월적 존재에 대한 그리움의 실체로 구체화되었다고 할 수 있다.

이러한 촉각적 감각은 특히 성적 이미지로 많이 재현되고 있는 것이 특징이다. 가령 "다리 사이에서 와서/ 한없이 부드러운 털을/ 살갗에 문지르는 이 기막힌 내통을/ 그 누구도 눈치채지 못했으리"(『은밀하게, 아주 은밀하게』)에 보이는 에로틱한 장면은 촉각이 보여주는 감각의 특성을 유감없이 보여준다. 또 촉각에 입각한 사랑의 속성은 생물의 차원을 벗어나 무생물의 차원에도 전이된다. 가령 "부딪치며/ 서로 아파하며/ 밤새워 울며/ 등 돌리고/ 외로워하며// 달빛에 젖어/ 구르며/ 반짝이며/ 또 마주보고/ 웃으며// 둥글어지고 작아져서/ 조금씩 서로에게/ 물들어가는 중"(『생일도 몽돌』)의 섬과 바다의 접촉, 그리고 동화에 대해서도 그 상상력을 적용시키고 있음을 볼 수 있다. 부딪치고 구르는 것은 촉각적 심상이다. 거기에 각각 깎여 '조금씩 서로에게/ 물들어가는' 것은 촉각의 감각이 부여하는 신비로운 특성으로 초월적 지향성을 보여준다. 즉 대상과 자아가 하나로 동화되어 동일성의 세계를 이루어감을 자연스럽게 보여주고 있는 것이다. 이는 근원적 차원에서 촉각적 감각에 의한 상상력의 전개가 자아와 세계의 동일성을 추구하는 서정적 비전에 매우 부합되는 모습을 보이는 것이라 할 수 있다.

의식의 진실성과 민중적 삶의 발견

동화의 또 다른 특성은 현재의 결핍된 존재에서 보다 나은 단계의 존재로 변신하는 것에서 그 모습을 찾을 수 있다. 앞에서 보았던 일탈의 욕망은 자신에게 적용되었을 경우 변신이나 변태의 상상력으로 발전한다. 그 점에서 시인 손수진이 변신의 꿈을 꾸게 되는 것은 당연하다. 가령 다음과 같은 시가 바로 그것을 보여준다.

배추밭에 초록벌레가
사각사각 배춧잎을 갉아 먹는다
초록 똥을 누고 초록의 피를 가진 벌레
밤사이 배춧잎 하나를
잎맥만 남겨둔 채 모두 먹어치우고
토실한 엉덩이 꿈틀거리며 기어 나와
엷은 햇살 아래 우화羽化를 꿈꾼다
날개돋이 하기엔 너무나 짧은 시간
나뭇가지에 앉아 고개 갸웃거리며
까만 눈망울 굴리던 참새가
포롱 땅으로 내려와
초록벌레를 물고 하늘로 날아오른다
　　　　　　　　　　　—「초록벌레의 우화」 전문

시적 화자는 배추밭의 초록 벌레를 발견하고 그것에 동일시된 상태에서 "토실한 엉덩이 꿈틀거리며 기어 나와/ 엷은 햇살 아래 우화羽化를 꿈꾼다". 꿈틀거리는 미천한 존재에서 화려한 나비로의 변태, 즉 우화는 촉각의 상상력이 가닿을 수 있는 지고한 전개다. 시인은 자연의 세계에서 이것이 이루어지는 만큼 상상력을 더 밀고 나가 눈부신 나비로의 변태를 통해 '하늘하늘'이라든지 '살랑살랑' 등 가볍게 "바람의 문장을 새길"(「방울뱀이 운다」) 수 있는 촉각적 이미지를 풀어놓을 수 있었을 것이다. 그런데 이것은 바람이지 현실은 아니다. 손수진 시인은 자연의 현실에서 일어날 법한 진실, 참새가 벌레를 잡아먹어버림으로써 발생한 비틀린 변태, 즉 비정한 현실의 아이러니를 그대로 직시함으로써 자신이 염원하는 변태나 우화가 인간적 현실에서는 쉽게 이루어질 수 없는 것임을 상징적으로 드러내고 있다. 이것은 시인의 의식이 추구하는 것이야말로 정작 이루어지기 어렵다는 현실적 상황을 역설적 풍자로 드러낸 것이라 볼 수 있다.

현실에 대한 객관적 자각은 낭만적 허위보다 시적 진실을 깨닫게 함으로써 진정성의 가치를 제공한다. 인간은 촉각적 상상력 속에서 대상과의 동화를 통한 변신이나 변태의 질적 전환을 꿈꾸지만 현실의 냉엄한 법칙 속에서 그것이 좌절되기 쉬운 것을 알게 된다. 실상 이 점은 우리도 알고 있다. 좌절되는 것이 더 진실에 가깝다. 그 점에서 손수진 시인은 촉각적 상상력을 통해 초월적 존재와의 간절한 동화를 꿈꾸지만 현실적 세계로 돌아와 자신의 객관적 처지를 응시하는 것을 잊지 않는다. 응시, 즉 뚜렷한 자기 관조를 이루게 되었을 때 이제 손수진 시인은 자신의 소외성에 기반한 낮은 존재들에 사랑과 연대, 그리고 이를 통한 민중적 삶의 발견으로 나아가게 된다. 이 역시 크게 보았을 때 촉각적 상상력의 확산이라 할 수 있다.

　이미 앞에서 보았듯이 손수진 시인의 의식 속에서 자신은 낮은 존재, 미천하게 꿈틀대는 존재로 그려진다. 그렇기 때문에 그녀의 시선은 자주 지상에 낮게 내려앉아 있는 존재들에게 가닿는다. "꿈틀거리다 가는" 지렁이를 형상화한 「파란 신발」이나 '별꽃'을 "쓰레기 더미를 뚫고 나온/ 작고 연약한/ 지구에서 가장 환한 별"로 형상화하고 있는 「지상에 뜬 별」과 같은 작품들이 여기에 해당한다. 그리고 좀 더 동일시가 진전된 다음과 같은 작품도 그와 같다.

　　　싸락눈 내리는 소리 적막을 깨는 밤

　　　오래된 전등을 켜고 책을 읽는다

　　　또, 또, 또,

　　　긴 더듬이로 바닥을 두드리며

　　　더듬더듬 세상을 건너온

　　　한쪽 다리가 떨어져나간

　　　너는 불구의 몸

　　　신이 장난처럼 찍어놓은

　　　점 같은 눈에

　　　외로움이 묻어 있다

　　　이렇게 스산한 밤

　　　한줄기 빛을 찾아

　　　말이라도 걸어오듯

　　　더듬더듬 다가와

손등을 두드린다

별은 너무 멀리 있고

바람은 뼛속을 후비니

시답잖은 책 덮어놓고

술이나 한잔 하자 한다

        —「꼽등이」전문

 시적 대상인 '꼽등이'는 "더듬더듬 세상을 건너온/ 한쪽 다리가 떨어져나간/ 너는 불구의 몸"에서 볼 수 있듯이 미천하고 제약이 많은 낮은 존재다. 더 나아가 "신이 장난처럼 찍어놓은/ 점 같은 눈에/ 외로움이 묻어 있다"는 표현을 통해 천형마저 받고 있는 듯한 존재로 그려냄으로써 존재의 비천함과 상실감을 드러내고 있다. 문제는 시인이 이 천한 존재가 "더듬더듬 다가와/ 손등을 두드린다"로 받아들이고 있다는 사실이다. 이는 촉각적 감각의 특성을 통한 동일시다. 이것은 시적 화자가 꼽등이와 심리적 동질성을 지니고 있음을 확인함으로써 자신의 정체성을 깨닫게 되었다는 의미를 갖는다. 더 나아가 "술이나 한잔 하자 하"는 것으로 표현하는 것은 완전한 인격적 존재로 서로 소통이 가능하다는 상징을 보여주는 것인데, 이것은 단순히 낮은 존재의 정체성 확인에서 그치는 것이 아니라 상호 낮은 것들의 발견과 연대를 통해 존재의 구원을 추구하는 상징성을 갖는다. 즉 현실적 존재가 낮고 비루한 모습일지 모르지만 그것이 존재의 비천으로 이어지는 것은 아니라는 자각과 함께 연민과 연대를 통한 구원의식을 갖자는 것으로 보인다.

그 점에서 이 시는 낮은 존재들에 대한 연민과 연대를 통해 제 정체성을 자각함과 동시 그들에게 구원의 메시지를 보내는 것이라 할 수 있다. 비록 '꼽등이'라는 벌레를 의인화하여 그려내고는 있지만 그것은 인간의 세계에서 낮고 비루한 존재에 대한 관심의 표현과 다를 바가 없다는 인식이다. 따라서 가령 다음과 같은 어리석고 미천한 사람들을 언급한 작품 또한 그들에 대한 우호와 연대의식을 통한 존재의 구원과 정체성 획득의 의지를 보이는 것이라 하겠다.

딸 셋을 내리 낳고 넷째를 가졌는디

암만케도 또 딸이지 싶어 견딜 수가 있어야제라

먹기만 하면 생긴 딸도 아들로 바뀐다는 약까지 지어 먹
고 낳은 것이

또 딸이지 뭐여라 유복자인 셈이제

지금 생각허면 어치코 그리 무식혔는지 몰라라

생각해보시오

생긴 딸이 어치코 아들로 바뀟것소

그란디 그때는 하도 절박헝께 그 감언이설도 곧이 들립
디다예

지그 아부지 그라고 가고 낭께

시엄시 엥도라진 눈총이 어치코 무섭던지 살 수가 있어
야제라

그질로 집을 안 나왔소

고만고만한 딸년들 앞세우고 핏덩이 들쳐 업고

참말로 막막합디다

그 어디에도 우리 식구 등 붙일 데가 없어

남의 집 문간방에 짐을 풀고 닥치는 대로 일을 안 했소

함평으로 무안으로 논일 밭일 남의 집 일까정 가릴 것
없이 했제라

겨울엔 제주도 밀감밭에꺼정 가서 밀감을 땄는디

그 벌이가 그래도 쏠쏠헙디다예

끄~응

그라마 뭐할 것이요

삭신도 이제 더 이상 말을 안 듣것다고

이라고 중간이 딱 멈춰부렀어라

저그도 더이상은 못해 먹것다 이것이제라

어차것소 여지껏 부려먹었응께 살살 달래감서

산 날 까정은 살어봐야제

—「108 병동」 전문

　이 시의 내용은 병원에 입원한 한 할머니의 기구한 삶의
푸념이자 고백이다. 그런데 그 푸념이 결코 넋두리로 끝나
지 않는다는 것이 중요하다. 시 속의 청자뿐만 아니라 작
품 밖의 독자인 우리에게까지 한 여인의 신산하고 파란만
장한 고초가 대화체 형식으로 전달되며 가슴을 울리기 때
문이다. 껄쭉한 전라도 사투리에 녹아들어 있는 여인의 한
이 타령조의 노래라도 되는 듯 가락을 타면서 존재의 한없

는 애잔함을 불러일으키고 있다. 시인은 그저 푸념하는 할머니의 말을 그대로 받아 적은 듯한 무기교의 기교를 잘 살려냄으로써 낮고 비루한 존재들이, 혹은 처연하고 애잔한 삶들이 얼마나 우리의 가슴을 울리게 하는지를 잘 보여주고 있는 것이다.

그 점에서 이 시는 손 시인이 보여주는 가장 현실적이고도 사실적인 내용을 언어적 미학을 잘 살려 우리에게 보여주는 시적 형식이라 할 수 있다. 민중의 토착적 언어가 어떻게 가락이 되고 이미지가 되어 우리의 가슴을 두드리게 하는지를 여실하게 보여주는 작품인 셈이다. 그렇기에 손 시인이 당대의 민중적 삶에 대해 관심을 갖고 이를 제 나름으로 형상화하는 것은 결코 허황되거나 삿된 포즈라고 볼 수 없다. 그것은 그녀의 시적 세계관으로 볼 때 점진적으로 닿아야 할 지점이다.

때문에 이번 손수진의 시인의 시 중에서 상당수가 서남해를 중심으로 한 남도의 민중적 삶의 형상화한 것은 너무나 당연한 일이자 장한 일이다. 가령 그가 현재 살고 있는 무안, 목포의 서민들이 살고 있는 마을을 형상화한 작품, "비좁은 골목에 낡은 의자 하나/ 햇살이 앉았다 갔는지/ 따스한 온기가 남아 있다/ …(중략)… / 알겠다/ 문패가 없어도/ 바다에 나간 지아비 기다리며/ 늙어가는/ 지어미가 사는 집인 걸"의「다순구미」도 바로 민중에 대한 사랑의 형식이자 연대의식이 잘 드러나고 있기 때문에 수작으로 평가할 수 있는 것이다.

그렇게 본다면 손수진 시인은 일관되게 사랑을 노래하고 있는 셈이다. 사랑이 부정당하고 억압과 지배의 관계로 형성될 때 시적 화자는 방울뱀과 같은 존재의 꿈틀거림으로 이에 응전했고, 또 어떤 경우에는 존재의 허기로 인한 극단적 식인의 상징을 통해 결핍된 자아의 실존적 고통을 노래하기도 하였다. 그러다 친밀성으로 세계와 소통하는 촉각적 상상력을 발휘하여 사랑의 형식으로 존재의 초월성을 꿈꾸기도 하였지만 현실적 삶에 대한 객관적 인식을 통해 낮은 존재의 처지와 정체성을 깨닫고 연대와 구원의식을 통해 민중의 발견이라는 주제로 나아갔다. 그 모든 시의 흐름에 대상과 동화되어 동일성을 이루려는 사랑의 감정이 깃들어 있어, 가히 사랑의 시인이라 부를 만함을 보았다.

그러나 우리에게 감동과 전율을 주는 것은 역시 현실적 진실인, 사랑이 부재하고 존재의 본질적 요소가 결핍됨으로써 발생하는 무겁고 무서운 꿈틀거림의 세계, 파괴와 해체로 얼룩진 저 불온한 세계라 할 것이다. 이 촉각적 세계는 너무나 끔찍하고 고통스럽지만 손수진 시인만의 특화된 공간이기에 거듭 두려움을 가지면서도 그 세계를 엿보게 된다. 그 풍경 속에서는 피가 얼어붙어 멈추어 서 있어야만 한다. 그래서 어떤 면에서 차라리 타락하고 광포한 그 세계에 손시인이 더욱 거대한 메두사로 울부짖어야 하지 않겠나 생각한다. 이것은 너무 지나친 생각일까? 적당한 타협은 시적 긴장감을 떨어뜨린다. 아직 세계는 비정하고 사랑은 쉬이 이루어질 것이 아니기 때문에 시인은 이 세계에 더

머물러 있어야 할 것이다. 그렇다면 시인 역시 더욱 철저하게 무장하여 이 세계와 싸우지 않으면 안 될 것이다. 아, 얼마나 더 고독하고 처절한 싸움이 벌어질 것인가! 독자로서 그것에 대해 새로운 기대감을 갖기도 하지만 시인의 삶에 삼가 안쓰러움을 표하며 건투와 건필을 빌어 마지않는다.